अरुण कमल

अरुण कमल का जन्म 15 फरवरी, 1954 को नासरीगंज, रोहतास, बिहार में हुआ।

उनकी प्रमुख पुस्तकें हैं—'अपनी केवल धार', 'सबूत', 'नये इलाके में', 'पुतली में संसार', 'मैं वो शंख महाशंख', 'पचास कविताएँ', 'चुनी हुई कविताएँ' (कविता-संग्रह); 'कविता और समय' तथा 'गोलमेज' (आलोचना); 'कथोपकथन' (साक्षात्कार)। अनुवाद—अंग्रेजी में समकालीन भारतीय कविता के अनुवादों की एक पुस्तक 'वायसेज़'। वियतनामी कवि तो हू की कविताओं तथा टिप्पणियों की अनुवाद-पुस्तिका। साथ ही मायकोव्स्की की आत्मकथा के अनुवाद एवं अनेक देशी-विदेशी कविताओं के अनुवाद। अन्य भारतीय व विदेशी भाषाओं में उनकी कविताएँ तथा कविता-पुस्तकें अनूदित हुईं। डॉ. नामवर सिंह के प्रधान सम्पादकत्व में 'आलोचना' पत्रिका का सम्पादन (सहस्राब्दी अंक 21 से) भी किया। पटना विश्वविद्यालय से अंग्रेजी के अध्यापक पद से सेवानिवृत्त हुए।

उन्हें कविता के लिए 'भारतभूषण अग्रवाल स्मृति पुरस्कार', 'सोवियत लैंड नेहरू अवार्ड', 'श्रीकांत वर्मा स्मृति पुरस्कार', 'रघुवीर सहाय स्मृति पुरस्कार', 'शमशेर सम्मान' और 'नये इलाके में' पुस्तक के लिए 1998 को 'साहित्य अकादेमी पुरस्कार' से पुरस्कृत किया गया।

ई-मेल : arunkamal1954@gmail.com

मैं वो शंख महाशंख

अरुण कमल

राजकमल पेपरबैक्स

पहला पुस्तकालय संस्करण
राजकमल प्रकाशन प्राइवेट लिमिटेड द्वारा
2012 में प्रकाशित

राजकमल पेपरबैक्स में
पहला संस्करण : 2023

राजकमल पेपरबैक्स : उत्कृष्ट साहित्य के जनसुलभ संस्करण

राजकमल प्रकाशन प्रा.लि.
1-बी, नेताजी सुभाष मार्ग, दरियागंज
नई दिल्ली-110 002
द्वारा प्रकाशित

शाखाएँ : अशोक राजपथ, साइंस कॉलेज के सामने, पटना-800 006
पहली मंजिल, दरबारी बिल्डिंग, महात्मा गांधी मार्ग, प्रयागराज-211 001

वेबसाइट : www.rajkamalprakashan.com
ई-मेल : info@rajkamalprakashan.com

बी.के. ऑफसेट
नवीन शाहदरा, दिल्ली-110 032
द्वारा मुद्रित

मूल्य : ₹199

MAIN WO SHANKH MAHASHANKH
Poems by Arun Kamal

ISBN : 978-81-19028-91-7

प्रथम साहित्य सखा
कवि रामकृष्ण पाण्डेय
की स्मृति में

अनुक्रम

जनगणना 11

निर्बल के गीत 12

सेवक 16

सम्बन्ध 18

किसी के लिए तीन कविताएँ 20

तलवे की छाप 23

वापस 25

पुरातन 26

संवत् 27

गया 28

मोतिहारी 29

दूसरा आँगन 30

1. जब तुम किसी के करीब आते हो 30

2. दोस्ती 31

3. शाम को इन्तज़ार 32

4. अनारकली 32

5. मैंने लाहौर में एक तोता देखा 33

6. बिदेस 33

7. मातृभूमि पर प्यार 34

8. जिसने लाहौर देखा 35

9. जिन्दाबाद 35

इच्छा थी 37

एक वृद्ध दम्पती की गाथा 38

39 एक वृद्धा जो कुछ सोच निकल गई घर से

42 चाँपा

43 आवर्त

45 क्रिया

46 अन्त्येष्टि

48 बारात दरवाजे लगी

50 शोभायात्रा

51 एक भक्त का संवाद

52 पीछे से

53 थूक

54 वित्त मंत्री के साथ नाश्ते की मेज पर

55 जीभ की गाथा

56 पुराना सवाल

57 एक पुराना गान

59 कुछ परिभाषाएँ

60 एक स्वप्न

61 बस एक निशान छूट रहा था

62 हार की जीत

63 जिसने झूठी गवाही दी

64 महाशक्ति

66 घर और घूर

67 खुली मुट्ठी

एक बिम्ब	69	84	सेवाग्राम से
रेल में बात	70	84	*1. प्रणाम*
उधर के मुसाफिर	71	84	*2. अहिंसा*
सरकार और भारत के लोग	72	85	*3. सम्पत्ति की घोषणा के पहले*
सन्धि-पत्र	74	86	*4. सत्याग्रही कौन*
डर	75	87	हिचक
आरामकुर्सी में	76	88	रोटी को रोटी
जब तुम	77	89	एक कलावादी प्रस्ताव
हवा में हाथ	78	91	अमरता की खोज
परिवर्तन	79	93	किसकी ओर से
चकले का मालिक	80	95	एक बार
योग	81	97	निजी एलबम से
नदी और नाला	82	101	शायर की कब्र
युद्ध और शान्ति	83	103	आलोचना पर निबन्ध
		106	अभागा
		108	निगेटिव फोटो

मैं वो शंख महाशंख

जनगणना

मैं वो हूँ जिसकी गिनती होने से रह गई
पूरी आबादी में जो एक कम होगा वो मैं हूँ
    जिसके वास्ते किसी अदहन में डाला नहीं जाएगा चावल
    जिसके नाम की रोटी नहीं पकेगी वो मैं हूँ।

जब भी उनकी गिनती गलत होगी
जब भी वे हिसाब मिला नहीं पाएँगे
    मैं हँसूँगा आँकड़ों के पीछे से तालियाँ देता
    वो मैं हूँ मैं वो अंक वो शंख महाशंख।

निर्बल के गीत

1.

हर रात डर लगता है
कोई भारी पत्थर मुझे दबाने लगता है
साँस फँसती है
दूर लगता है कहीं नगाड़ा बज रहा है
किसी को वे ले जा रहे हैं बलि के लिए
इतना सन्नाटा है चारों तरफ इतनी धुन्ध
कभी भी कोई भी खबर आ सकती है
मैं जी रहा हूँ एक एक साँस गिनता
अभी अगले पल कुछ भी हो सकता है
मेरी नाव डूब रही है मेरा घर गिर रहा है
मेरा रास्ता रसद पानी बन्द
मेरे पैरों के नीचे फट रही है धरती
मैं डूब रहा हूँ

2.

मुझे इस तरह अकेला मत छोड़ो
रुको मैं भी तैयार हो लूँ
बस चप्पल डाल लूँ

नहीं मैं नंगे पाँव चल रहा हूँ
रुको तो मुझे छोड़ो मत
बाहर से ताला मत दो
मुझे खोल दो मुझे भी चलने दो वहाँ
जहाँ सब जा रहे हैं
किसलिए बचा रहूँगा मैं इस सुनसान घर में
किसकी याददाश्त

3.

इससे ज्यादा दखल मैं चाहता भी नहीं
जितना पानी का पेड़ में ओस का दूब में
जो हवा का शाखों में नभ का नदी में
उतना ही दखल जितना किराएदार का घर में
तुम तो पानी हो तुम हवा तुम नभ
तुम एक घर
बन्द मत करो द्वार
नहीं इस रात मत छोड़ो शीत में
बाहर

4.

नहीं मुझे ढूँढ़ना मत
रात भर यदि घर न लौटूँ
कोई खोज इश्तहार मुनादी नहीं
अगर मैं हफ्ता दस दिन घर न लौटूँ
कोई काम रोकना मत
शाम को भी कभी इन्तजार नहीं
समझना मैं हूँ कहीं न कहीं

जैसे दुनिया में इतने लोग हैं जिन्हें हम जानते नहीं
और जो नहीं हैं उन्हें भी हम कहाँ खोजते
नहीं मुझे ढूँढ़ना मत
मैं कभी खोऊँगा नहीं
मैं वहीं धूल में दबे सिक्के सा
कभी अचानक चमक उठूँगा चाँद रात में

5.

कोई कुछ नहीं देगा
एक शाम भोजन भी नहीं रात भर आसरा तो दूर
जब तुम सब कुछ खोकर खाली हाथ
अपने ही घर लौटोगे शाम को
तब पाओगे वह तुम्हारा घर नहीं
गली के कुत्ते भी भूँकेंगे तुम पर
किसी दोस्त को पुकारोगे वह मुड़ेगा और आगे चल देगा
इस चलती चक्की से छिटक जो दाना
बाहर गिरा वह फिर बाहर ही बिलखेगा
जो बचा रहा भीतर वह पिसेगा गात्र गात्र

6.

किसी से कोई उम्मीद नहीं
न आसरा है किसी सहारे का
ये हाथ भी न रहें ये पैर भी
आँखें न रहें न कान न जीभ
बस साँस रहे तब तक जानता हूँ
जीता रहूँगा
उस पेड़ की तरह जिस पर ठनका गिरा

उस कुत्ते की तरह जिसकी देह में खौरा है
उस पक्षी की तरह जिसके पंख झड़ रहे हैं
मैं एक टूटी सड़क की तरह जिन्दा रहूँगा
एक सूखी नदी की तरह अगले आषाढ तक

सेवक

लगता है अभी भी वह साँस मेरे भीतर घूम रही है
वही डूबती आँख मुझे पीछे से ताक रही है
और मेरे कदम तेज हो जाते हैं।
कितनी ही रातें इसी तरह मैंने जगकर बिताईं
उन बीमार, अपाहिज मरते हुए लोगों के साथ
जिनके लोग उन्हें छोड़ कहीं और चले गए,
या जो बगल के कमरे में सोते रहे सटकर
और सुबह मुझे रात भर सेवा के बदले पैसे थमाते
दरवाजे भिड़ा लिये धूप से आँखें बचाते,
और रात इतनी लम्बी इतनी घनी अनहोनी होती है
मैंने पहली बार जाना उन मरीजों के सिरहाने बैठकर
दर्द से ऐंठते बार-बार कंठ भिंगोते
किसी के इन्तजार में ताकते आखिरी बूँद तक सूखते
कभी जब वे सो जाते खुले मुँह उनके दाँत चमकते रात में
और तब लगता मैं उनके कितना करीब आ गया हूँ;
जिसके माथे पर हाथ धरे तुम रात भर जगते हो
उसके लिए तुम्हीं हो सबसे करीबी,
जिसकी देह तुमने धोई-पोंछी उसके लिए तुम्हीं हो
रक्त के सबसे नजदीक, पुराने अखबारी कागज सी देह;
सुबह जब उठकर जाने लगता तब वे इस तरह देखते
जैसे उनका जहाज छूट रहा हो–
मुझे वो बुजुर्गवार कभी नहीं भूलता जिसके बच्चे विलायत में थे

और जो बिलकुल अकेला अपने फ्लैट में
जौ के दानों से दिन गिन रहा था,
कोई वैसी बीमारी न थी, बस वह बूढ़ा और अकेला था
तभी मैं उसकी सेवा में आया
और धीरे-धीरे उसने मुझे घेर लिया,
वह कभी रोता न था न कभी मुझे कुछ करने को कहा
बस रात भर जगा रहता छज्जे में आरामकुर्सी पर बैठा
चाँद उसको प्रिय था और तारे
और लाल कनेल की गन्ध से भारी हवा
और कई प्याली चाय
वह मेरी गोद में मरा था शान्त जैसे कोई फूल झड़ता है–
कोई भी काम मुझे मिल जाता तो यह सब छोड़ देता
पता नहीं कितनी हजार रातों से जग रहा हूँ
जरा और मरण के इतने पास,
एक बार तो एक आदमी ने मुझे ऐसे जकड़ लिया था जैसे
वह डूब रहा हो और मुझे भी खींच लेगा भँवर में
लगा जैसे मेरा छिलका उतर रहा हो और मैं भागा;
कई रोज मैं बच्चों के स्कूल के बाहर स्कूल टूटने के इन्तजार में
खड़ा रहता कि वे अपनी कच्ची साँसों से मुझे धो दें–
उफ् मैं पेड़ होता बार-बार पत्तियाँ बदलता
कोई पक्षी अपने पुराने पंख झाड़ता
कोई पहाड़ी नदी सूखती भरती
कई बार मन में बाँधा कोई और काम खोजूँगा
स्कूल की दरबानी या बच्चों का रिक्शा हाँकूँगा
पर धीरे-धीरे ऐसा समय आता है
जब सारे रास्ते पानी में डूब जाते हैं
जब तुम्हारा सोचा कुछ नहीं होता
बस अन्धड़ होता है और सेमल की रूई का फाहा
बस एक ही कोठरी बचती है पूरे शहर में खाली
श्मशान के पास।

सम्बन्ध

तुम्हारी देह से छूटा हुआ पहला बच्चा
रो रहा था तुम्हारी देह के किनारे
और तुम्हारी छाती से दूध छूट नहीं रहा था
तुम हार गईं, माँ भी और दादी
और तुम्हें घेर कर खड़ी थीं टोले की औरतें
जिनकी साड़ियों के कोर गीले थे
मुझे बुलाया गया
सब हट गईं एक एक कर
और माँ नें कहा तुम इसका थन
मुँह से लेकर खींचो
और माँ भी बाहर हो गई
खड़ा रहा मैं जैसे हत्या लगी हो

तुमने हुक खोले और
गाय की बड़ी-बड़ी आँखों से मुझे देखा
मैं काँप गया
दोनों स्तन इतने कठोर कैंता के फल से
और बच्चा रो रहा था एक ओर

नहीं कह सकता वह सुख था या शोक
मैं तुम्हारा देवर तुम्हारा पति या पुत्र

मैंने कंठ में रोक लिया था वह दूध

हम अलग हो चुके हैं अब
अलग-अलग चूल्हे हैं हमारे
और अलग-अलग जीवन
वह बच्चा भी अब सयाना है
और तुम भी ढल गई हो
फिर भी मैं कह नहीं सकता
यह कैसा सम्बन्ध है
मैं तुम्हारा देवर तुम्हारा पति तुम्हारा पुत्र?

किसी के लिए तीन कविताएँ

1.

कब तक इन्तजार करोगी सबि
उन नदियों को भूल जाओ जिनमें चट्टाने हैं
और दाँतों वाली लहरें
कब तक जल में पाँव दिए बैठी रहोगी तट पर सबि
उन तारों को भूल जाओ जो राख हो झर रहे हैं
वह नभ कब का स्याह पड़ चुका है
और लील रहा है तटों को कुहासा
कब तक घूमती रहोगी सबि लम्बे केशों से धरती बुहारती
हवा ढल चुकी है दूर जो पेड़ों से उठी थी   दूर कछारों पर
कब तक टेरती रहोगी मेरा नाम
शुरू हो गई है शाप की वो शाम   वर समाप्त हो रहा है
देखो कौन खड़ा है मेरे सिरहाने
अपनी जाँघ से उतारो मेरा माथा और धूल पर रख दो
जाओ लौट जाओ सबि

2.

इस ठंढ को जानता हूँ

इस सफेद चमकते दाँतों वाली ठंढ को जानता हूँ
मैंने इसे देखा है हड्डियों को अपने बघनखे से फाड़ते
अपनी छाती पर इसकी हीरे की कनी लगी साँस को
घूमते बेधते जाना है
तलवों को कँटीली जीभ से चाटती
मुझे थूरकर कुहरे में झोंकती
इस ठंढ को जानता हूँ किवाड़ की ओट में लम्बे बरामदे के
बाद खम्भे के पीछे
अपने केश खोले–
पता नहीं कब से यह ठंढ मेरा पीछा कर रही है–
बैलों की पीठ ओस से भींगी
धूल दबकर सुस्त और पानी ठंढ से टूटता
मेरे फेफड़ों में हवा कम मेरा रक्त थक्का-थक्का
श्वास का अन्तिम ताप हथेली पर खींच रहा हूँ
कहीं कोई आग कहीं कोई लौ कोई धूप
कहीं कोई

3.

मैं वहाँ फिर जाना चाहता हूँ जहाँ देवदारों के बीच एक जगह थी घनी
जैसे पकते फल में गढ़ाता रस
और ढलान थी छूटती साँस सी
और हवा जो देह से सटती थी
और जहाँ से आसमान पास था जैसे कान के लव
मैं इतना अकेला सुनसान था वहाँ पर ऐसा सकल जैसे रात का पहाड़
सब कुछ भूल चुका था सारे सन्ताप पश्चाताप
मेरी देह केंचुल उतार रही थी
मेरी आत्मा वल्कल
धार में पड़ा एक पत्थर जिस पर धूप थी ऊपर पानी अगल

वह ढलान लगातार ढलती यहाँ आ जाएगी तुम्हारे घर तक
सोचा न था

वहाँ देवदार थे यहाँ उड़हुल घना कत्थई
मैं फल में बन्द वृक्ष।

तलवे की छाप

वह ऐसे ही आएगी किसी शाम अकस्मात्
बिना बताए
तुम दरवाजा खोलोगे विवश
और वह खड़ी होगी बाहर
        कुछ बारिश कुछ धूप
        जलता बल्ब पानी में भींगता।
वह ऐसे ही आएगी जब तेज बौछार होगी
जब लोग छुपेंगे जहाँ-तहाँ
और सड़कों पर बौछार होगी तेज हवा में नाचती
और तब वह खड़ी होगी तुम्हारे सामने
इतने सूखे साफ वस्त्र में
मानो वह धूप हो मैदान की।
वह ऐसे ही आएगी जब ठंढ होगी कुहरे से भरी
तुम मुँह खोलोगे और भाप निकलेगी बोली नहीं
        शीत लहर अपने दाँत कटकटाती
जब तुम पूर्ण विराम की तरह बैठ चुके होगे अंग मोड़
वह पुकारेगी अचानक तुम्हें कोई प्लेटफार्म पर पुकारेगा
                                        माइक पर
हाँ तुम्हारा ही नाम कोई खोज रहा है
और तुम खोलोगे अपना शरीर एक गाँठ की तरह
वह ऐसे ही आएगी

लू की तरह ग्रीष्म की गोधूलि की तरह सोन में जल की तरह
और फिर ऐसे ही लौट जाएगी अकस्मात्।

वे पुराने रास्ते अब भी हैं
अब भी हैं वे पुरानी भित्तियाँ गली के साथ घूमतीं
उन खिड़कियों में रोशनी है
और पेड़ों में छाया

लौट चलो
धीरे-धीरे जूता उतारो और कमरे में भरने दो अँधेरा
जैसे-जैसे अँधेरा होगा उठेगी वो गन्ध
कालिख जितनी घनी होगी उतने ही फूटेंगे सफेद फूल बेतहाशा

वह आएगी इस रात और तुम्हारे वक्ष पर
छोड़ जाएगी अपने तलवे की छाप।

वापस

मैं वहाँ भी गया जहाँ नदी सागर से मिलती थी
वहाँ भी जहाँ मैदान पहाड़ों में ढलते थे
वहाँ भी गया जहाँ झीलों का जल मीठा था
और वहाँ भी जहाँ पहाड़ थे नमक के

मैं इस तरह घूमता रहा जैसे मेरा कुछ खो गया हो
जैसे मेरी एक चप्पल या आधी देह मैंने सब कुछ
उलट के देखा

वह स्त्री जो काली मिट्टी से बनी थी
वो स्त्री जो धान की बाली थी
वह स्त्री जो पीतल की बनी थी
जो जवाकुसुम का कत्थई अँधेरा थी

हर बार लगा जैसे मेरी साँस पूरी नहीं हो रही
लगा जैसे मैं रास्ता भूल गया
और घूमते घूमते एक बार फिर वहीं आ गया जहाँ से चला था
दरवाजे का एक पल्ला खुला था
और आँगन में एक पौधा सूखते सूखते हरा था
एक बेल पक पककर कच्चा होता बार-बार।

पुरातन

मैं तुम्हारा अतिथि हूँ आज
तुम्हारे देश से आया
इस शहर की आँत में किराए की झोंपड़ी में बैठा
तुम्हारे हाथ की चाय सुड़कता

पीछे नाला है
दाहिने मैदान और झाड़
और आगे नल पर बर्तनों की कतार
चारों तरफ़ मक्खियाँ
और तुम्हारे लम्बे हाथ सूखे आम्रपल्लव

वे दिन गए जब तुम ग्रीष्म की दोपहर के स्तब्ध अँधेरे में
पके जामुन की गन्ध से श्लथ थी
वे दिन गए जब तुम कच्चे आम गोर देती चावल की कोठी में
और वे धीरे-धीरे पकते रहते

रात भर जूट फैक्ट्री की दरबानी से थककर
तुम्हारा पति सो रहा है शिवालय के ओटे पर
और बच्चे ठोंगा बना रहे हैं नाले की मुँड़ेर पर
मैं भी इसी तरह गिरता पड़ता चला आया यहाँ
अब कभी भी जीवन में न बैशाख दोपहर की नींद मिलेगी
न शरद पूर्णिमा का जागरण
खम्भे में रस्सी से बाँधकर देह सो रहूँगा खड़े खड़े।

संवत्

तप रहा ब्रह्मांड
ऐसा रौद्र
ऐसी धाह
रेत इतनी तप्त कि तलवे उठ रहे पड़ते,
रेंगनी काँटों के फूल पीले
और उनकी भाप भरी गन्ध
और गिरगिटों का रंग धूसर

मैं तो नदी की खोज में चला था
ज्वर से तपते बच्चों के वास्ते मैं
रेत में छिपे जल को टेरता चला था
और यहाँ मरघट पर बैठा हूँ
चिताओं की अग्नि तापता।

गया

घुटे हुए माथों से पटा हुआ शहर
रेत सनी धूप में ऊँघता श्लथ
छलछलाता पीपल में बचा हुआ जल
फल्गु का

कोई भटकती आत्मा बार-बार पीटती है किवाड़
अचानक खुलता है भारत टाकीज का दरवाजा परदे के पास
एक रोशनी छुटकर गिरती एक तेज आवाज
फिर घुटती
रैयतों के पसीने से सनी हैं शाम को सराय की सड़कें
दूर बिसार तालाब में पानी अन्तिम ज्योति आँख की

इतने तर्पण के बाद भी कौन पितर हैं वे जो तृप्त नहीं
वे कौन से पितर जो उलट उलट लौटते हैं
इसी धधकती धरा पर
ढूँढ़ते अपना पिंड चूल्हों की राख में

सुनसान लम्बी सड़क पर अकेला चला जा रहा एक बच्चा
और उसे घेरती हैं प्रेतात्माएँ हजारों साल पुरानी जर्जर।

मोतिहारी

लगता है अब यह आखिरी रास्ता होगा और यह आखिरी घर
कि फिर फूटती है एक और टहनी एक और घर
और पूरा शहर कपड़े के थान सा खुलता चला जाता है
बेल बूटों पेड़ों पोखरों से छपा

उस हरे बाँस की टट्टर के भीतर घनी घास के पार
जो बरामदा है
वहाँ जो बैठी है निस्पन्द
बेंत के मोढ़े पर
वह क्या सोच रही है अभी जब न दिन है न रात
और वह घना पेड़ और घना पोखर
एक शहर जो रहस्य है अन्तहीन
अधूरी पढ़ी एक किताब जहाँ एक पन्ने पर
तुमने रखी थी कभी एक सींक

फिर कभी लौटोगे वहाँ वैसी ही किसी शाम?

दूसरा आँगन

1. जब तुम किसी के करीब आते हो

जब तक तुम लोगों को धर्म जाति या देश से जानते हो
तब तक तुम कुछ नहीं जानते और आसानी से नफरत कर सकते हो
पर ज्यूँही तुम किसी के करीब आते हो
उसके घर जाते हो और देखते हो उसकी चारपाई पर बिछी
फटी हुई चादर किनारे से दबी
देखते हो कैसे उसने दो प्याली चाय के वास्ते एक पुड़िया चीनी मँगवाई
और दूध बगल के घर से
और भीतर एक औरत के कलेजे खँखोरती खाँसी
और एक प्यारी बच्ची जो अपनी एक आँख ढाँप तुम्हें ताकती है
और उसका नन्हा-सा भाई बताता है 'शरम कर रही है'
ज्यूँही तुम जानते हो कि वह भी तुम्हारी तरह कर्ज में डूबा है
उसको भी एक बहन है ब्याहने को
और वह कहता है हमारे यहाँ भी दहेज बहुत है
तब तुम भीतर-भीतर भहरने लगते हो
सारी मेंड़ें गिरने लगती हैं
और तब तुम्हें लगता है वो बस एक कटा उदास खेत
बस एक आदमी जो सोये में कराह रहा है
और तब अपना चाकू वापस आस्तीन में खोंस
तुम बाहर आ जाते हो दबे पाँव।

2. दोस्ती

जिस मुल्क ने तुमको पन्द्रह साल जेल में डाले रक्खा
वहाँ के किसी अजनबी से तुम किस तरह मिलोगे?

हैरत हुई जब बशीर भाई बगलगीर हुए
और हमने कुछ शामें एक साथ बैठकर गुजारीं;
मेरे शहर के कुछ लोग भी उसी जेल में बन्द थे
जहाँ वो कैद रहे अगले कई साल
और लगा कभी रिहा नहीं होगे

भूखे बीमार बेघर बेकार भी
यह दुनिया कितनी प्यारी कितनी अमोल है
यह तुम्हें तब लगता है
जब तुम जेल में फेंक दिए जाते हो

समुद्र में भी उम्मीद है कुछ, रेगिस्तान में फिर भी उम्मीद है
तुम चलते चले जा सकते हो दिन रात धूप हवा बारिश में जब तक
जमीन है तलवों के नीचे

लेकिन सींकचों के पीछे तुम कुछ नहीं जानते किधर है खाई

क्या मैं भी जिम्मेवार हूँ उन सबके लिए
जो जेलों में बन्द हैं बेकसूर—वे मछुवारे, चरवाहे, बंजारे,
कबीलों के चंचल नौजवान—
क्या अपनी हुकूमत की हर करतूत के लिए
मैं भी हूँ कसूरवार मेरे दाता—
कितना हँस-हँसकर मिलते हैं हुक्मरान एक-दूसरे से
एक-दूसरे की बीवियों को तोहफे बाँटते
और हम निभाते हैं दुश्मनी

मैं तो चाहता हूँ सारी धरती सारे समन्दर एक हो जाएँ
और हम इस तरह पृथ्वी पर टहलें जैसे अपने टोले में
एक आँगन से दूसरे आँगन।

3. शाम को इन्तज़ार

शाम आई
एक-एक कर दरख्त घने हुए
रास्ते छोटे कदम तेज मकान दूर और पानी गहरा

यह कैसी खुशबू है हवा में कोंपलें
उठती गिरती एक छाती ख़ामोश
लम्बे पेड़ के पीछे कोई है   कोई है उस पुल पर
चाँद जैसे गगन तोड़ता उठ्ठा

नहर वाले पुल पे बुला के
तू कित्थे रह गया?

4. अनारकली

शाम हुई
रास्ता रुका दोनों तरफ। पानी छींटा गया। रोशनी के लट्टू लगे।
मेजें सज गईं। सफेद मेजपोश। कुर्सियाँ। देग़ों में तरह-तरफ के गोश्त।
रोटियाँ। पुलाव। फिरनियाँ।
देखते-देखते पूरी चौड़ी सड़क दस्तरख़्वान में बदल गई।
ठट्ठ के ठट्ठ परिवार। औरतें। बच्चे।
कितना अच्छा हो अगर दुनिया की हर सड़क हर चौक

शाम ढलते दस्तरख़्वान बन जाए
और रात का मानी हो रोशनी और रोटी।

5. मैंने लाहौर में एक तोता देखा

वह तोता बिलकुल तोता ही था, तोते जैसा
हरा सजीला बदन, लाल होंठ, गर्दन पर रंगीन धारी,
यहाँ भी वह फूले चने खाता वैसी ही निपुणता से
छिलका बाहर दाना अन्दर
और नाम भी मिट्ठू ही था यहाँ, मियाँ मिट्ठू
फर्क यही था कि लाहौर का यह तोता उर्दू बोलता और थोड़ी पंजाबी,
जात-धर्म तो खैर तोते की क्या होती होगी
मैंने दरियाफ्त भी नहीं किया किसी से, वैसे भी सियासी गुफ्तगू
परदेस में ठीक नहीं,
पर एक बात जो खास लगी वो ये कि
यहाँ भी वो लोहे के पिंजड़े में बन्द था जैसे वहाँ
और यहाँ भी वो पिंजड़ा काटने की मुहिम में जुटा था जैसे वहाँ।

6. बिदेस

ये कैसा बिदेस है जो देस सा लगे है

कोई मुझे अलग से घूरता नहीं ज़बान भी वही है
रुपया भी अक्सर वही चल जाता है
वैसे ही लोग हैं, खूबसूरत जरा ज्यादा
वही मेहँदी के फूलों की खुशबू
वैसे ही बच्चे पतंग उड़ाते और गेहूँ के खेत
बस लिखावट हर जगह उर्दू है या फिर अंग्रेजी
कहीं भी हिन्दी नहीं

अचानक संगमरमर का एक छोटा पट्ट दिखा दीवार में जड़ा–
श्याम कुटीर
1916
–जहाँ कबाब बिक रहे थे और वो एक खंडहर था भीतर।

7. मातृभूमि पर प्यार

शायद पहली बार पचास के ऊपर की जिन्दगी में
मैंने अनुभव किया प्रेम मातृभूमि से प्रेम एक कौंध एक तड़क दिल की मरोड़
जब मैंने बाघा सीमा पर झंडे उतारने की परेड में इधर के स्टैंड से देखी
अपनी धरती
बाड़ के उस पार
और मैं उसे छू नहीं सकता था
उधर भारत जिन्दाबाद के नारे थे और मैं चुप खड़ा था
उधर अपना झंडा था शाम की हवा में फहरता
और मैं भींगी पताका-सा सिमटा खड़ा था मूक
उधर मेरा वतन था मेरी मातृभूमि

मेरा हाथ उस भीड़ में कसकर थामे रहा मेरा टैक्सी ड्राइवर
मेरा प्यारा राना
और हम गए खेतों की ओर धुआँ उठते घरों की ओर
उधर जहाँ भैंसें दुही जा रही थीं
और लोग लौट रहे थे बाजार से

और मुझे घर की याद आई।

8. जिसने लाहौर देखा

खुश रहो लाहौर
रोशन रहें तेरे बाजार
भरा रहे संतरों में रस
और पतंगें उड़ती रहें वसन्त-नभ में रंग रंग की

कौन रखेगा याद कि यहाँ कभी
एक बन्दा आया था किताबों के मेले में
जो तेरी खूबसूरती और दमक
मेहमाननवाजी और मोहब्बत से इस कदर बेचैन रहा
कि हर रोज खाने के साथ जरा-सा बिलकुल जरा-सा
सेंधा नमक खाता
और पूछने पर अपना पुश्तैनी घर हड़प्पा बतलाता।

9. जिन्दाबाद

यहाँ शहीदों को कोई नहीं जानता
यहाँ शहीद-ए-आज़म को कोई नहीं जानता
यहाँ शहीद-ए-आज़म भगत सिंह को कोई नहीं जानता
न वो पुराना लाहौर जेल
न वो पास का चौरस्ता
न रावी का किनारा न म्यूजियम
न ट्रकों के ड्राइवर

मेरा रोम-रोम काँप रहा है
ऐसा भी हो सकता है देश में कल? मेरे भी देश में?

ओ मेरे बच्चे
अगर तू जिन्दा रहना चाहता है तो उस महान मौत को याद रख
अगर तू मौत को हराना चाहता है तो उस महान अमरता को याद रख
अगर तू अपने नाती पोतों के साथ बूढ़ा होना चाहता है
तो उस बाँकी हैट वाले नौजवान को याद रख
याद रख कि तेरी जिन्दगी उसी की बख़्शीश है
और ये हवा उसका वरदान

मेरा रोम-रोम काँप रहा है
मैं आधी रात को जोर-जोर से गरजना चाहता हूँ—
शहीदेआज़म अमर रहें!
इंक्लाब जिन्दाबाद! इंक्लाब जिन्दाबाद!

(लाहौर में एक दिन)

इच्छा थी

इच्छा तो बहुत थी कि एक घर होता मेहँदी के अहाते वाला
कुछ बाड़ी झाड़ी कुछ फल-फूल
और एक गाय,
बाहर बरामदे पर बेंत की कुरसी
बारिश होती धुआँ उठता तेल की कड़कड़
लोग बाग आते, बहन कभी भाई, संगी साथी
कुछ फैलावाँ रहता थोड़ी खुशफैली।

पर लगा मैंने ज्यादा चाह लिया
स्वप्न भी दास हैं यथार्थ के भूल गया।

खैर! जब इतना कट गया बाकी भी गुजर जाएगा
न अपना घर होगा न अपनी जमीन
फिर भी आसमान तो होगा कुछ न कुछ
फिर भी नदी होगी कभी भरी कभी सूखी
और यह भी कि कोई इच्छा थी कभी।

एक वृद्ध दम्पती की गाथा

वहीं स्टैंड पर पहली बार तुमको देखा था
तुम खिड़की वाली सीट पर थीं कुछ पढ़ रही थीं
और बस चल दी
तुम कितनी पतली थीं तब कितनी कम पंखड़ियाँ थीं
और कितने रोंएँ जैसे भतिया ककड़ी
और एक दिन देखा एक परछाईं थी
चेहरे पर
वो अँधेरा जो बढ़ता गया तब से
मैं भी थक रहा था साँस-साँस पर
मैंने पत्थर तोड़े और टोकरे भरे तुमने उठाए और ढोए
इस तरह पहाड़ को खेत किया
यह जीवन एक पत्थर था छाती पर
जिसे चारों तरफ से घास ने ढाँप लिया

कम हो रही है रोशनी दिन पर दिन
पानी सूख रहा है
गंगा बहुत दूर चली गई हैं घाट से।

एक वृद्धा जो कुछ सोच निकल गई घर से

मैं तो पेड़ की देह से छूटी हुई छाल हूँ
कड़ी चढ़ाई के बाद पड़ी ढाल

हजार-हजार बाँहों से बुला रही थीं गंगा
और उधर कच्चा रास्ता था ऊपर की ओर चढ़ता
जिस पर कोई नहीं था,
धीरे-धीरे धूप की आँच कम हो रही थी
सूर्य छिप गए पेड़ों के पीछे,
गौवें किनारे की दूब चर भारी थनों से लौट रहीं घर
बकरियाँ एक दूसरे में पेट रगड़तीं
हड़बड़ाईं दौड़ रहीं ऊपर
खेलकर गेंद पटकते
किसी बात पर शोर करते ताँबई मुख वाले लड़के
लौट रहे घर

हो सकता है पोते को अचानक याद आ जाए
वह तब बहुत छोटा था तीसरे चौथे में
एक हिसाब उसे नहीं आ रहा था
और बाप ने कई थप्पड़ लगाए गुस्से में
मैं पूजा छोड़ दौड़ी, लेकिन बाप का गुस्सा
संयोग की बात दूसरे ही दिन लड़का पड़ गया

तेज बुखार हँफनी अब तब लग गया
तब मैंने बेटे से पूछा बोलो
क्या चाहिए अब
और कुछ नहीं चाहता, न पढ़े, न लिखे
बस नजर के सामने रहे

कल तक जो रीढ़ थी नदी की
आज वह झोंकी गई रेत है इमारत की

पहले जब कोई किसी वृद्धा का पाँव लागता
वह कहतीं–खूब बूढ़ा होना मेरे जैसा
और मैं समझ नहीं पाता इसका अर्थ
तब किसी वृद्ध की डाँट भी आशीर्वाद थी
सावन से शुरू हो जाते पर्व त्योहार
और कातिक तक चलते लगातार
लगातार घरों में वृद्धों से आशीष लेने के दिन
जब नई बहुएँ खूब सजकर
सर सर करती गमक भरी साड़ी के पल्लव से
ददिया सास का चरण चाँपतीं देर तक
और वृद्धा लगातार बुदबुदाती कंठ रुँध जाने तक
अपना हुक्का एक हाथ से पकड़े–
लगातार धान रोपने से लेकर धान कटने तक
लगी रहती धूम
और बूढ़ी दादियों नानियों की झुर्रियों से झरता दूध

कहाँ जाएँगी मतवा
किसी ने पूछा था
आधी बेहोशी में ही वृद्धा ने कहा–
चली जाऊँगी ऐसे ही बस
चक्कर आ गया था

छोड़ दो बेटा जरा हवा लग जाय
फिर आप चली जाऊँगी

और मैं वहीं रह गई बैठी
पीपल की जड़ से पीठ टिकाए
धीरे-धीरे अन्धकार ने मूँद लिया
धीरे-धीरे मुझे नींद आ गई
और जब आँख खुली
चारों तरफ हलकी रोशनी थी
भींगी धोती की तरह
गंगा चमक रही थीं जैसे आँख का कोवा
ऊपर पेड़ पर कोई पक्षी जग रहा था पंख झाड़ता
चन्द्रमा नीचे झुक आया था पक कर
मैं उठी और शिवालय के चबूतरे पर आकर सो गई
एक तरफ
सजायाफ्ता जैसे ताकता है रास्ता
और कोई भी जमानत लेने न आ रहा हो

हल्की ठंढ थी हवा थी
हजार-हजार बाँहें थीं गंगा की
गंगा थीं गंगाजली थी तुलसीदल।

चाँपा

मुझे देखना न था पर देखा
वो चेहरा तेरह-चौदह साल के उस लड़के का
जिसे घेर लोग खड़े थे, लोग दौड़े आ रहे थे
औरतें छाती पीट रही थीं
दोनों तरफ ठहरी गाड़ियों की लम्बी कतार

मुझे देखना न था पर मैं भी

वह तेल लेकर आ रहा था शीशी में
माँ को बोला था चोखा बना दो
अभी-अभी लौटा था घर स्कूल से

मुझे देखना न था पर

वह भूमि पर था
एक लड़का धुर गाँव का
जिसे चाँपता भागा था ट्रक दसचक्का

देखना न था...।

आवर्त

(वीरेश चन्द्र की स्मृति में)

चला गया वीरेश चुपचाप
हम सोये रहे और घर दह गया

कहाँ किस स्टेशन पर खोजूँगा तुम्हें
आखरी गाड़ी भी रात दस बीस की
खो गई गहरे कुहासे में
ठहरी रह गई है ओस से भींगी पटरियों पर
लाल बत्ती की धपधप कुहासा चारों ओर

वे बूढ़ी औरतें माथे पर लकड़ियों का गट्ठर लिये
देखेंगी आसरा तुम्हारा
वे दिहाड़ी मजदूर जिनसे कभी तुमने टिकट नहीं माँगा
और वे गाकर भीख माँगने वाले साधु फकीर

ऐसी कोई सुई नहीं जिसमें छेद न हो
पर हम तो नोक के मुरीद थे
हम उस रौशनाई के मुरीद थे
जिसे कोई पानी धो न सके
और एक दोपहर धूप में जब तुमने कमीज उतारी
तो झलके पीठ पर छिपे हुए घाव

कब हरोगे दुख हे भोलेनाथ, कब हरोगे मेरे दुख
दुख ही में जन्म लिया दुख ही में जिया
सपने में भी सुख नहीं देखा हे भोलेनाथ

अरहर के चम्पई फूलों से भरे हैं खेत
इतनी ठंढ कि काँप रहा है खड़ा बिजूखा
इस धुन्ध में और भी सट गए हैं तारे धरती गंडकी
और मैं काँप रहा हूँ शीत में अकेला
आवाज नहीं मुँह से भाप उठ रही है
चूल्हे से अंगार झार चला गया ढाबे वाला
आखरी भाप उठ रही है...

(वीरेश चन्द्र 'आवर्त' के सम्पादक, कवि-आलोचक और रेलवे में टी.टी.इ रहे)

क्रिया

घाट पर तीन शव जल रहे थे। यह अन्तिम था। पुत्र रो रहा था। और लोग भी। साथ-साथ लोग हँसी-मजाक भी कर रहे थे। डोम ने अग्नि दान के वक्त हुज्जत की तो किसी ने शव के पियक्कड़ स्वभाव का वास्ता दिया। सालों ने बहनोइयों से मजाक किए। पंडित ने खैनी ठोंकी। लम्बी पीक मारी। सबने मिलकर अन्तिम क्रिया की। तप्त भूमि पर कानी उँगली से राम नाम लिखा। गंगा जल माथे पर छींटा। घर चले।

अन्त्येष्टि

चिता की धाह में उसकी पतली पीठ दिख रही थी
हिल रही थी हवा में कमीज

बहुत बड़ा खूनी है कोई फुसफुसाया

घाट किनारे अँधेरे में बैठे थे वे
यह उनके लाड़ले साथी का दाह था
जो जेल से छूट सात रोज अस्पताल में रहा
और आज दोपहर मर गया

कहते हैं उसने सात खून किए थे
और बीसियों लूट-मार
भाग्य अच्छा था अपनी मौत मरा
नहीं तो कभी मुठभेड़ में ढेर हो जाता

मेरे लिए यह खबर थी जब किसी ने कहा
वह रँगे हाथ पकड़ा गया है मूर्ति चुराते
दुबला-पतला साँवला लड़का
जिसने एक बार आटे का भारी झोला
मेरे हाथ से ले घर तक पहुँचाया था
एकाध बार काम के लिए कुछ कहा था

और एक बार सौ रुपये लिये थे उधार

कोई फुसफुसाया बड़े-बड़े क्रिमिनल आए हैं मंजिल में
यहाँ कोई डर नहीं अँधेरा है और गंगा और फिर दियारा

चिता लिप चुकी थी
साथी जा चुके थे
गंगा में खलबली थी
तेजपछया थी और चाँद आधा

यह इस रात की अन्तिम अन्त्येष्टि थी।

बारात दरवाजे लगी

और बारात दरवाजे लगी
रात बारह बजे,
किसी तरह वर के पिता को मनाया गया,
कुछ और भेंटा गया, और कुछ गछा गया।
माथे पर झाड़फानूस ढोते मजदूर निंदाए-से चले,
सहबाला सो ही गया था मुँह फाड़े,
बाराती उद्‌ग्रीव थे सजे-सजे सेंट से सिक्त,
एक नचनिया था जो पसीने से तर-बतर
नचे जा रहा था, छाती पर नत्थी थे नोट दस-दस
और कुछ नौजवान थे नशे में मस्त
जो देह ऐंठ रहे थे रुक-रुककर।
द्वार पर लड़कियों औरतों की भीड़ थी जगी जगमग
पंखड़ियाँ खोले,
पर किसी को एक भी गीत याद न था,
नई चाल के गाने गा रही थीं एक-दो
भोंभा गरगरा रहा था।
वर के फूफा ने ऊपर हवा में फायर किया तड़ तड़,
बरगद से पंछी उड़े फड़ फड़,
द्वारपूजा आरम्भ हुई,
पंडित ने खैनी थूकी,
वर कुछ रूठा, फिर छोटा बहनोई

बाकी बाराती जेवनार पर टूटे।
अन्दर कन्या थी अकेली श्लथ
बाहर समाज था, जन था शतपथ।

शोभायात्रा

और चल पड़ी शोभायात्रा,
छोटे हनुमानजी मिलने चले बड़े हनुमानजी से,
ऊँट-हाथी बैंड-बाजा चलन्त,
गाड़ी पर रथ, रथ पर हनुमानजी।
आगे-आगे ठाकुर साहब, पार्षद यादव जी, लोकनाथ शर्मा
बैठे हैं रथ पर अनुज विधायक के अंगरक्षक
पार्श्व में परिवार के जन बाल-गोपाल
शराब में सराबोर समिति के सदस्यगण,
अच्छा चन्दा उठा है इस बार
कृपालु रहे भक्त जन,
किनारे-किनारे चल रहा है अधेड़ पुजारी
कन्धे पर अँगोछा धरे चलता रहेगा दस किलोमीटर
भूखा-प्यासा गठिया से त्रस्त
और जब यात्रा समाप्त होगी
तब तक ढह चुका होगा पुजारी
मन्दिर की संगमरमर सीढ़ियों पर–
उसका पोता आरती के सिक्के गिनता।

एक भक्त का संवाद

मन्दिर के कोने-कोने में
गर्भगृह के चौखट तक पर
लगे हैं दाताओं के नामपट्ट।
मैं तो तुम्हारे दर्शन को आया था प्रभु,
और ये मैं किनका नमन करने लगा
यह कैसी भक्ति है प्रभु, कैसा विनय
तुम्हारे ही दान को देकर दानी बन रहे हैं
माया के दास,
यह कैसा जीर्णोद्धार प्रभु,
इससे तो अच्छा था वही अपना जीर्ण मन्दिर
जब केवल तुम थे और मैं तुम्हारा सेवक
बरौनियों से चौखट की धूल उठाता–
उठा लो प्रभु, इस दीन को उठा लो।

पीछे से

कितना साफ आकाश है
पानी से पोंछा हुआ दूर ऊपर उठा उठता जाता नील
बादलों के तबक कहीं-कहीं
और इतने पंछी उठ रहे झुक रहे
हवा बस इतनी कि भरी है सब जगह
और एक चिड़िया वहाँ अकेली ठहरी हुई
जिन्दगी की छींट

कितना सुन्दर है संसार दिन के दो बजे
मनोहर शान्त
और यह सब मैं देख रहा हूँ
    गुलेल के पीछे से।

(एक पुनर्रचना)

थूक

जब वह गुंडा प्राचार्य मान बहादुर सिंह को
उनके कक्ष से खींच घसीटे जा रहा था
तब हजारों विद्यार्थी जमा थे चारों तरफ
और वह गुंडा अकेला था और मान बहादुर अकेले

कामरेड सुधीर ने घटना बताते हुए कहा था
अगर सब लोग केवल थूक देते एक साथ
        तो गुंडा वहीं डूब जाता

यही तो कहते रहे कवि मान बहादुर जीवन भर
पर कितना कम थूक है अब इस देश के कंठ में।

वित्त मंत्री के साथ नाश्ते की मेज पर

(एक तस्वीर)

यही एक तस्वीर है जहाँ मेरा चेहरा थोड़ा दब गया है
और मुझसे पूरी तरह मिलता भी नहीं
पीछे न तो तारीख है न स्थान
पूरी मेज भोजन से भरी है
इतनी भरी कि मेरी भूख ही मर गई

अभी-अभी दिवालिया हुए थे बैंक
करोड़ों-करोड़ बेरोजगार मधेपुरा में बाढ़ दिल्ली में दहशत
सड़कें भुक्खड़ों से पटीं   चारों ओर एक हूक

मेरा सौभाग्य था जो मैं वित्त मन्त्री के साथ था उस सुबह
नाश्ते की मेज पर
चलते समय उन्होंने उपहार दिया—एक छुरी एक काँटा
मेड इन अमेरिका—और प्यार से कन्धा थपथपा
राष्ट्रभाषा में कहा—टेक केयर यंग मैन! टेक केयर!

जीभ की गाथा

दाँतों ने जीभ से कहा—ढीठ, सँभलकर रह
हम बत्तीस हैं और तू अकेली
चबा जाएँगे

जीभ उसी तरह रहती थी इस लोकतान्त्रिक मुँह में
जैसे बाबा आदम के जमाने में—
बत्तीस दाँतों के बीच बेचारी इकली जीभ

बोली,
मालिक, आप सब झड़ जाओगे एक दिन
फिर भी मैं रहूँगी
जब तक यह चोला है।

पुराना सवाल

पहले खेत बिके
फिर घर फिर जेवर
फिर बर्तन
और वो सब किया जो गरीब और अभागे
तब से करते आ रहे हैं जब से यह दुनिया बनी

इस तरह एक-एक कर घर उजड़े गाँव उजड़े
और नगर महानगर बने
पर कोई नहीं बोलता ऐसा हुआ क्यों
अब कोई नहीं पूछता यह दुनिया ऐसी क्यों है
बेबस कंगालों और बर्बर अमीरों में बँटी हुई

नहीं मैं हारा नहीं हूँ
मैं भी वो सब करूँगा
हम सब वो सब करेंगे जो हम जैसे लोग तब से
करते आ रहे हैं जब से यह दुनिया बनी
जो अभी अभी बोलिविया कोलम्बिया ने किया
जो अभी-अभी नेपाल के बाँकुड़ों ने किया
और मैं बार-बार पूछता रहूँगा वही एक पुराना सवाल–
यह दुनिया ऐसी क्यों है?

एक पुराना गान

सब कुछ खो तो नहीं गया
अभी भी क्यूबा है दूब सा खड़ा झंझावात में
अभी भी वियतनाम और चीन में झंडा है लाल
अभी भी हमें वे गीत सब याद हैं
जो स्पार्टकस ने गाए जो पेरिस कम्यून से लेकर
शिकागो मजदूरों सोवियतों पुन्नप्रावायलार सन्तालों ने गाए
फिर से उठी है हवा दूर वेनजुएला से
माच्चू पिच्चू के शिखरों से फिर सगरमाथा हिमाला से
वे बीज जो छींटे गए पूरी पृथ्वी पर

नहीं यह चुप बैठने का समय नहीं
सँभालो अपने टूटे बिखरे औजार
हमारे हथियार कमजोर हैं पर पक्ष मजबूत
चारों तरफ से फिर उठ रही है वो पुकार
नए कंठों से
नहीं आत्महत्या नहीं ओ विदर्भ तेलंगाना के किसानो
उठो और छुरी की धार को उलट दो
धर्मों जातियों बोलियों में बँटे लोगो
देखो कि सबके कपड़े फटे हैं
सब बेकार बेहाल हैं
सबके घाव हैं गहरे

रोटियाँ सबकी छोटी हो रही हैं

बहुत हुआ अवसाद और गोधूलि का गायन
कनगोजरों की एक-एक टाँग गिनने का आख्यान
अब कंठ खोल गाने का दिन है
अब धूप में देह तपाने का दिन है
उठो बाँधो हाथ में हाथ
और घेर लो धरती।

कुछ परिभाषाएँ

जो जितना ज्यादा लोगों का जितना ज्यादा नुकसान कर सके
वो उतना ही बड़ा है।
छोटा है वो जो किसी का नुकसान न कर सके।
उस हर बात में राजनीति है
जहाँ दो में से एक को चुनना पड़े।
कम से कम कपड़े अश्लीलता नहीं
अश्लील है जरूरत से ज्यादा कपड़े।
जो सरकार ऊपर से कुछ न करे
वो अमीरों का काम सबसे अच्छा करती है।
सितारा बनने से अच्छा है
गन्दी गली का लैम्प पोस्ट बनना—कवि की इच्छा है।

एक स्वप्न

क्या हत्यारों का आत्मविश्वास कम हो रहा है
क्या लुटेरे नरक के त्रास से डरने लगे हैं
और दंगाई हताश?
हे भगवान, यह मैं क्या सुन रहा हूँ
क्या यह दुनिया नष्ट हो जाएगी प्रभु?

भेजो फिल्मी सितारों को भेजो
विश्व सुन्दरियों को काम पर लगाओ।

यह मैं क्या सुन रहा हूँ प्रभु
मालिकों में अनबन घरों में फूट
शासकों में मतिभ्रम मट्ठा और कुश?

धर्म-प्रचारकों को भेजो
कहाँ गए पालतू एन जी ओ
खोल दो तिजोरियाँ सट्टा क्रिकेट डिस्को

चुनाव स्थगित संसद भंग।

बस एक निशान छूट रहा था

बस इसलिए कि तुम्हारे देश में हूँ
और तुम मुझे दो मुट्ठी अन्न देते हो
और रहने को कोठरी
मैं चुप रहूँ?
इतना तो मुझे कहीं भी मिल जाता
या इससे भी ज्यादा बहुत कुछ अगर इतना बस
सीख जाता कि कहीं कुछ भी हो बस नजर फेर लो।

कैसा समाज है जो
अपनी ही देह की मैल से डरता है
कैसी देह है जो अपने ही नाख़ून से डरती है

लोग तो बोलते ही रहते हैं
इतने अखबार पत्रिकाएँ फिल्म टेलीविजन लगातार
फिर भी कुछ था जो बोलने से रह गया
ऐसा क्या था जो बोलना खतरनाक था?

मैंने कुछ भी तो नहीं किया
बस एक निशान छूट रहा था जो टाँक दिया–!

हार की जीत

नहीं, मुझे अपनी परवाह नहीं
परवाह नहीं हारूँ कि जीतूँ
हारता ही तो रहा शुरू से
लेकिन हारकर भी माथा उठा रहा
जयी रही आत्मा यवांकुर सी हर बार

सो, मुझे हार जीत की परवाह नहीं
लेकिन आज ऐसा क्यों लग रहा है जैसे मैं खड़ा हूँ और
मेरा माथा झुक रहा है
लगता है आत्मा रिस रही है तन से
रक्त फट रहा है
और कन्धे लाश के बोझ से दब रहे हैं

नहीं, यह बात किसी को मत बताना खड्ग सिंह
नहीं तो लोग गरीबों पर विश्वास करना छोड़ देंगे।

(सन्दर्भ : सुदर्शन की कहानी 'हार की जीत')

जिसने झूठी गवाही दी

हाँ मैं झूठ बोलूँगा
मैं लाख बार झूठ बोलूँगा
अगर इससे कोई अभागा एक दिन भी ज्यादा जी सके,
मैं मरते हुए आदमी की तारीफ में झूठ बोलूँगा
अगर इससे वह इत्मीनान से मर सके।

मैंने लगातार झूठी गवाही दी
और हर बार एक बन्दा फाँसी के फन्दे से लौटा
मैं पृथ्वी का सबसे बड़ा झुट्ठा होना चाहता हूँ।
आमीन!

महाशक्ति

वह चढ़ा था खम्भे के ऊपर जहाँ से तार
बस हाथ भर दूर था
और रँग रहा था चमकीली चाँदी के रंग से
यह आखरी खम्भा था राजमार्ग पर
अब वह उतरेगा और छककर नहाएगा पहले तो
इतना कड़ा घाम पूरा बदन छालों से भरा
हो गए सारे खम्भे हो गए समय पर
कल इसी रास्ते गुजरेगी प्रधान की शाही सवारी
और आज ठीकेदार मजदूरी भी देगा जोड़कर

वह टँगा रहा ऊपर खम्भे पर वैसे ही जैसे कोई
कनकौवा फँसा हो लेकिन कोई फड़फड़ नहीं
'उसको करेन्ट मार दिया...दौड़ो'

वह टँगा रहा ऊपर और लोग जुटने लगे
दौड़े मजदूर जो उसके साथ काम कर रहे थे
सड़क उस पार
'उसको करेन्ट मार दिया'
दौड़े उसके घर के लोग गाँव जेवार के लोग
रिक्शे वाले ठेले वाले
दौड़ी उसकी औरत उसके बच्चे दौड़े

दौड़ी उसकी अपया माँ
दौड़े पुलिस सिपाही हाकिम छकड़े दौड़े
ठहरा सारा शहर दौड़ता

'जल्दी उतारो बेवकूफ को' अधिकारी गरजा
साथी रामआसरे यादव भीड़ चीरता आया, 'जुर्माना देना होगा'
अधिकारी तमतम बोला, 'यह भी नहीं जानते बेवकूफ
जुर्माना नहीं कम्पेन्शेसन...
उतारो जल्दी'
'हम लाश नहीं छोड़ेंगे,' बिलटू बिन्द डटकर बोला
'तुम कौन लगते हो उसके?' एक दूसरे अधिकारी ने मुस्की छोड़ी
'वो हमारा भाई था हमारा साथी मजूरा'
और तभी पहले अधिकारी ने बिलटू को थप्पड़ मारा–
'काम करता था पैसा पाता था मर गया मर गया...चलो
साफ करो भीड़, जल्दी करो जल्दी, आ रहे होंगे सुप्रीमो'।

घर और घूर

इतने तामझाम सम्पत्ति की इतनी घोषणाओं छापों
हिरासतों जेल की सलाखों और चेहरे पर कालिखों
के बाद भी सम्पत्ति वहीं थी जहाँ थी
और जो जेल से छूट बाहर आ रहा था दो उँगलियों
से दोकाना बनाता वह उतना ही खुश था प्रफुल्ल
मानो अभी अभी नींद से जागा हो पहली बारिश के बाद
और जो कंगले थे वे तालियाँ बजाते जै जै गा रहे थे
कि चाहे जो कहो यह व्यवस्था वैसी बुरी तो नहीं
जो जैसा करता है वैसा ही भरता है
भगवान के घर देर है अन्धेर नहीं

और थोड़े दिन बाद वे देखते वे जहाँ थे वहाँ से भी नीचे
धकेले गए
और उनके घर बदल गए घूर में
इस तरह विश्व का विशालतम लोकतन्त्र लोक में प्रसिद्ध हुआ।

खुली मुट्ठी

और उन्होंने काम बन्द कर दिया
बाहर आ गए

वे दो मजदूर थे जो गंगा पार पीपा पुल से
सायकिल से आते थे रोज फ्लैट रँगने
और शाम को घर लौट जाते थे

आज जब वे काम कर रहे थे भीतर
एक नौजवान अन्दर घुसा और उन्हें खींचता बाहर
नीचे ले गया और अपनी कार की बडी पर पड़ी खरोंच
दिखाकर बोला, 'यह खरोंच तुमने सायकिल से मारी'
और उनके देखते बोलते दोनों सायकिलें उठाकर बाहर फेंक दीं।

अब वे उस पार नहीं जा सकते थे
अब वे इस पार नहीं आ सकते थे
सायकिल उनके लिए पैर थी, बैल थी, घोड़ी थी
        कार मोटर जहाज अन्न धन्न थी

और उन्होंने काम रोक दिया
वे दो थे
वे बाहर आ गए

फाटक पर बैठ गए

वे हारे या जीते यह अलग बात है
मुख्य यह है कि दो दिहाड़ी मजदूरों ने हड़ताल की
जो किसी यूनियन में नहीं थे
न जिनके आगे कोई था न पीछे
जिनका जीवन साल से नहीं दिन से नापा जाता है
वे असंगठित मजदूर थे खुली हुई मुट्ठी–
देश खड़ा हो रहा था।

एक बिम्ब

धरना से वापस घर लौट रहा था
एक बाप और बेटा उँगली पकड़े,
झंडा था छड़ी में लपेटा हुआ कन्धे पर
और अभी भी सीने पर टँका था बिल्ला,
शाम हो रही थी भीड़ थी जगमग बाजार था
चुपचाप चला जा रहा था एकटक ताकता आगे
धरना से वापस घर, एक बाप एक बेटा।

रेल में बात

आदमी कहाँ से कहाँ पहुँच गया
आज ऐसी कोई बीमारी नहीं जिसकी दवा न हो
जल्दी ही ऐसी तरकीब आ रही है कि आदमी कभी मरे ही नहीं
और अगर मर भी जाए तो हू ब हू वैसा ही आदमी फिर बन जाए

सामने वाली सीट पर बैठे आदमी ने जोर की साँस ली और बोला–
हमको तो बस साफ पानी चाहिए भाई जी!

उधर के मुसाफिर

सीट तो एक थी
पर जैसा कि चलन था
उस पर बैठते तीन थे
और ऐसे ही कटता था सफर
तीन घंटे का शटल ट्रेन से।

आज भी भीड़ थी पुरकस
लेकिन एक सीट पर केवल एक ही बैठा था।
सो दूसरा मुसाफिर उधर उत्साह से लपका
और लगभग बैठ ही गया कि पहले ने टोका–
'देखिए इधर दूध है पन्नी में वो भी फटा हुआ'
तब दूसरा बोला, 'ठीक है इधर बैठते हैं'
'अरे भाई इधर चूड़ी का डब्बा है'
'तो पैर दबाइए जगह हो जाएगी'
'सो तो होगी पर सौ का धक्का लग जाएगा जैसा कहिए'
'सो क्या'
'नीचे पैरों के बीच में मुर्गा है
जरा भी हिल डोल हुआ कि गया'
और वह दूसरा चुपचाप चला गया दूसरी तरफ
कुकड़ूँ कूँ...।

सरकार और भारत के लोग

सरकार लगातार उदार हो रही थी
हर जगह से अपने हाथ खींच रही थी
गलतियाँ सुधार रही थी
मैली कथरियाँ सरेआम फींच रही थी

जैसे सरकारी अस्पताल थे लेकिन वहाँ
रूई पट्टी तक न थी, नर्सें स्वेटर बुनती रहतीं
डॉक्टर कभी-कभी सैर पर आते
और बेड के नीचे कुत्ते सोये रहते
केवल लाश-घर पर सरकार का पूरा नियन्त्रण था

इसी तरह समझिए कि स्कूल थे लेकिन
कमरों में सुअर घूमते घंटी मन्दिर में बजती
और मास्टर मुर्गियाँ गिनने के काम में लगाए गए थे
और चूँकि एक गिनती हो न होते कुछ और अंडे फूटते
सो गिनती हर बार शुरू से शुरू होती
इस भाँति ज्ञान सर्वसुलभ था शिक्षा स्वतन्त्र थी हर विद्यार्थी पर कर्ज था

राशन की दुकानें पहले ही उठ गई थीं
घासलेट पेट्रोल से भी महँगा था
सरकारी नलों में पानी नहीं हवा भरी थी

हर दो मील पर रँगदार थे
कोई भी कहीं भी मारा जा सकता था ऐसी उदारता थी
परन्तु हर नागरिक को पहचान पत्र लेकर चलना अनिवार्य था

सरकार बिगड़े जमींदार की तरह सारे कल कारखाने चम्मच कटोरी
बेच रही थी और अन्त में उसने बच्चों के दूध की बोतलें भी बेच दीं
तब एक माँ ने कहा—सरकार जी,
ऐसा करें कि संसद भी बेच दें
और आप भी वैसे रहें जैसे हम यानी भारत के लोग
अब सरकार ही क्या करेगी रहकर?

सन्धि-पत्र

जब उन्होंने कहा कि मेरी बात से उनकी भावना को
चोट पहुँची है और उनका मर्म आहत हुआ है
तो मैंने एक बार उन सबको देखा यहाँ से वहाँ तक–
जो अपनी पत्नियों को पीटकर आए
जो अपनी बेटियों को मारकर आए
जो अपनी बहुओं को फूँककर आए
जो अपने पड़ोसियों को काटकर आए
जो लाशों पर पैर रखते जयघोष करते आए–
उधर है हृदय, इधर निष्ठुरता
कैसा तमाशा
उधर मर्म इधर हिंसा!

वे चाहते हैं मैं होंठ सी कर रहूँ
पर दहलता है मेरा दिल भुनता है कलेजा
काँपती है आत्मा, जली खाल उतरी देह सी–
तुम्हारी साँस भी मुझे दुख देती है।
तुम भी रोको आक्रमण, मैं भी चुप हो जाऊँगा–
यह रहा सन्धि-पत्र।

डर

वहाँ अपनी जाति से डर था
तो यहाँ अपने धर्म से
वहाँ अपनी भाषा से डर था
तो यहाँ अपने क्षेत्र से
निरापद कहीं न था
मेरे साथ मेरा भूत घूम रहा था उलटे पाँव से
और वर्तमान की परछाईं थी पीछे गिरती
सामने भविष्य था सूर्य
जिधर बढ़ता जा रहा था और वह लगातार सरकता
पीछे।

आरामकुर्सी में

शाम को अखबार में आशीष नन्दी का लेख गुजरात में
मध्यवर्ग की भूमिका पर पढ़ा। महत्त्वपूर्ण बात यह लगी
कि अन्धाधुन्ध विकास ने पूर्वी एशिया के देशों को
जिस तरह अलोकतान्त्रिक, अनैतिक और अमानुषिक
बनाया उसी तरह गुजरात को। पूरे देश को। दो सम्पादकीय
एक तो बिहारियों के साथ मारकाट पर, दूसरा लाखों कामगारों की छँटनी
और बढ़ती बेरोजगारी पर, और एक छोटा समाचार
कोने में 'बाढ़ राहत से अफसरों को राहत' इसी कड़ी के अंश लगे। लगातार
असहिष्णुता और बर्बरता बढ़ रही है।
संकीर्णता, स्वार्थ, जातीय हिंसा। पूँजीवाद केवल
आर्थिक पद्धति नहीं है। यह जीवन के विनाश की
सर्वोत्तम पद्धति है। मैं कितना सुरक्षित हूँ, अपनी जाति,
अपने धर्म, अपने क्षेत्र में! और अपनी भाषा में!

जब तुम

क्या तुम जानते हो कि जब तुम सो रहे थे
तब कोई मारा जा रहा था छत्तीसगढ़ मणिपुर कश्मीर में?
क्या तुम जानते हो कि जब तुम खा रहे थे
तब कोई जान दे रहा था विदर्भ अबोहर मदुरै में?
क्या तुम जानते हो कि जब तुम पढ़ रहे थे
तब तुम्हारे सटे कमरे में खून हो रहा था रात?
उठो और देखो तुम्हारे किवाड़ पर भी सटा है पर्चा
और बाकी जगहें खाली हैं इश्तहार में।

हवा में हाथ

क्या हुक्मरान सचमुच भाग जाएँगे
ट्यूनीशिया लीबिया बहरैन से
क्या सचमुच वहाँ ऐसी आजादी होगी
कि लोग खुद अपनी सरकार चुन और चला सकें
या फिर जिएँ बिना सरकार के?
और हुक्म बस हवा का चले या धूप और चाँद का
पर फल खजूर के अपनी मर्जी से पकें और झरें
या फिर वैसा ही होगा जैसा इराक अफगानिस्तान में
कि हुक्म तो देशी हो पर फौजें विदेशी
और दिन और रात बराबर हों अवाम की जिन्दगी में?

तालियाँ बजाने के पहले
एक हाथ हवा में ठहर गया।

परिवर्तन

दुर्ग के कपाट के रंग बदल गए
बदल गए प्रहरी उनकी बर्छियाँ
बदले सभासद नवरत्न बदले
बदलीं थैलियाँ अशर्फियाँ

तब भी खड़ा था द्वार पर
अब भी खड़ा हूँ, द्वार पर
कोई तो कहे
भिखमंगे को जाने दो अन्दर।

चकले का मालिक

चकले का मालिक सत्तर के ऊपर था
नैष्ठिक सन्तभाव मानुष धीर गम्भीर सहज प्रशान्त
जगत गति से ऊपर दो बाँस;
तमाम व्यभिचारों यातनाओं क्रूरताओं के बावजूद
किसी में यह कहने की हिम्मत न थी
क्योंकि स्वयं वह शुद्ध निर्विकार था जैसे
विष-पात्र का ताम्र ढक्कन,
और पैसा तो उसे दूर से गड़ता वह ऐसा पवित्र था;
जहाँ तक चकले का सवाल था तो यह तो
उसका पुश्तैनी पेशा था पूर्व जन्म का कर्मभोग
वरना वह तो कब का वन में जा चुका होता।

योग

नगर के भद्र जन श्रेष्ठ जन प्रातः प्रातः
सरोवर के पास उद्यान के पवित्र पवन को
सड़ा रहे थे पाद पाद कर
दौर था पवनमुक्तासन का।
फिर अचानक हाथ उठा सब हँसने लगे
फिर मौन फिर अट्टहास थुलथुल।
ऐसा जगा जोग कि भाग गई भक्ति
भागा त्याग अस्तेय अपरिग्रह प्रातः प्रातः।

क्या करोगे इस देह को रखकर?
अन्तर्यामी ने पूछा और हुए अन्तर्धान।

नदी और नाला

हमने उस शाम भात खाया और रसम और बैंगन का भरवाँ
और हमने बच्चों के बारे में बात की
अपने घर माता-पिता बच्चों के बच्चों के बारे में
उस नदी के बारे में जहाँ तुम और तुम्हारे साथी घूमते रहते थे रात भर
उस नदी के बारे में जो अब नाला है शहर का
और तुमने कौर रोकते हुए कहा था--
जानता था कि हारूँगा
इन करोड़पति सांसदों से कैसे पार पाऊँगा भला
चाहे मेरे पक्ष में खड़े हों लाखों गरीब फिर भी ये पैसा है जो
जीतेगा और हम हारेंगे
फिर भी लड़ेंगे हर तरह से लड़ेंगे
खुरपी कुदाल हँसिया ढोल ढपली सिंगा सूप
उँगली पर स्याही की बूँद से
इन नाखूनों से

और हम टहलते रहे देर तक उस रात
उसी नाले के किनारे जो नदी था कभी।

युद्ध और शान्ति

(वियतनाम में एक मैदान में खेलते बच्चे अचानक बम फटने से मारे गए—एक समाचार)

युद्ध विराम के तीस साल बाद भी
खेलते बच्चों के हाथों फूटते हैं
छूटे हुए बम और गोले

कभी भी कोई युद्ध खत्म नहीं होता
जब तक हथियार हैं
जब तक उनके विचार हैं

युद्ध से अधिक हमारे बच्चे
नुकसान हुए शान्ति काल में।

सेवाग्राम से

1. प्रणाम

नहीं, मेरे पैरों में न ताकत थी इतनी
न कलेजे में दम
कि चढ़ता चला जाता शिखर तक,
दूर बहुत दूर नीचे से लेकिन देखी एक झलक
वो चोटी हिम जटित
वो मिट्टी से उठा मूल एक नभ तक

न तो मुझमें इतनी उज्ज्वलता थी
न इतनी धवल मेरी आत्मा
फिर भी मैंने देखी इन्हीं कीच भरी आँखों से
वह उदात्तता
वो विभु अनन्तता!

2. अहिंसा

मैं टुकड़ा था रबर का
जो भी लिखा मिटाता
खुद भी मिटता जाता
फिर से पट को करता ज्यों का त्यों।

टुकड़ा था मैं सरेस-पत्र का
रुखड़े को चिकनाता
पर खुद मिटता जाता
जग को सुन्दर करता।

नहीं जानता क्या है हिंसा, और अहिंसा
नहीं जानता क्या है क्या?

3. सम्पत्ति की घोषणा के पहले

क्या जरूरी है कि घर हो ही अपना
जिसे खरीद और बेच सकूँ
जो भी दिक्कत है वो जीने भर की
मरने के लिए तो कोई कहीं जा सकता है–
छोटे से सुनसान रेलवे स्टेशन के प्लेटफार्म पर
वेटिंग रूम में

जैसे जैसे समय बीत रहा है लग रहा है
मैं सारी लड़ाइयाँ हार रहा हूँ
न तो कोई घर बना न मठ
न चबूतरा न अन्न-क्षेत्र–
कैसा घट है यह जीवन जो कभी भरता नहीं

मुझे लौटने दो सेवाग्राम से
फिर घोषित करूँगा अपनी सम्पत्ति।

4. सत्याग्रही कौन

क्या वो बन्दा सत्याग्रही कहा जाएगा
जो अपने केश रँगता हो
जिसकी छोटी सी प्यारी सी तोंद हो?
या वो जिसके कलफ किए कुरते की काँख कभी
भींगी नहीं पसीने से
या वो जो पहनता हो चीवर पर
स्वामी हो द्वीपों का?

क्या वो बन्दा सत्याग्रही माना जाएगा
जिसने किसी के प्राण बचाने को तोड़ दिए कुल वचन
और घर में छिपाकर रक्खा उस योद्धा को
जिस पर लाखों का सरकारी इनाम था?
और उस बन्दे के बारे में आप क्या कहोगे
जो कभी सच कुछ झूठ बोलता हो कर्ज में डूबा
जिसके सिर पर जहाज हो कुटुम्ब का
जिस पर एकाध कुछ गलत का भी दाग हो?
और वो जिसने कई रातें गुजारीं खाली पेट
जिसके लिए रोज का जीना मरना ही सत्य हो
और आग्रह बस अगली साँस का?

फादर सर्गियस,
ये सारे सवाल मेरे मन में तब आए जब मैं
सेवाग्राम से लौट रहा था
साँप पकड़ने वाली कैंची देखकर।

हिचक

जिसने सच-सच कह दी अपनी कहानी
उसे कैसे कहूँ कि इसे सजाकर लिखो।
जिसके पास कुछ नहीं सिवा इस देह के
उसे कैसे कहूँ आज बाजार का दिन है।
जो खो चुका है घर-परिवार
उसे कैसे कहूँ पानी उबालकर पियो।

रोटी को रोटी

बजट पेश होने के अगले दिन का हिन्दी अखबार
पढ़ते हुए मुझे लगा कि
जब कविता से छन्द गायब हो रहे हैं तब खबरों में छन्द हैं
या छन्द में खबरें हैं,
दूसरे यह कि तमाम खबरें रूपक हैं क्रिकेट का
और जो अलंकार उतर चुके हैं पद्य की देह से
वे अखबारों की शोभा हैं

और ऐसा करके अखबारों ने अन्त अन्त तक हमें
सच को जानने से रोका
सच कि
रोटी महँगी हो गई है

तब मुझे लगा कि आज कविता को पहले से भी ज्यादा
सपाट होना चाहिए ताकि कहा जाय
रोटी को रोटी
(वैसे इसका तत्सम क्या है बन्धुवर?)।

एक कलावादी प्रस्ताव

(एक पोस्टर जो दीवार पर साटा गया)

कोई सरकार कैसी है इसकी पक्की पहचान इस बात से होती है
कि उसे कौन सा लेखक पसन्द और कौन नापसन्द है।

जैसे यदि किसी सरकार ने किताबें जलाने का हुकुम दिया
तो कुछ ऐसी भी किताबें जरूर होंगी जो बचाई गईं
या अगर सरकार ने प्रेमचन्द को बाहर किया तो
कोई ऐसा भी जरूर है जिसकी ताजपोशी की
या यदि सरकार ने अपने जीवनीकार को अशर्फियों से लाद दिया
तो ऐसे भी लेखक जरूर होंगे जो भूँजा फाँकें
यानी खराब सरकार खराब लेखकों को पसन्द करती है
और अच्छी सरकार अच्छे को
(और चूँकि कोई भी सरकार बहुत अच्छी नहीं होती इसलिए
बहुत अच्छा लेखक किसी को पसन्द नहीं आता
इसलिए संविधान में प्रावधान हो कि ज्योंही कोई सरकार
किसी खराब लेखक को चुने वह खुद-ब-खुद गिर जाय ढिम
(पुनश्च : जो कसौटी सरकारों पर लागू है वही व्यक्तियों पर भी
लागू मानी जाय)

टिप्पणी :
पोस्टर के ऊपर किसी ने खड़िया से लिखा–'किसी को अच्छा

किसी को बुरा कहने वाले तुम होते कौन हो? बहुमत तै करेगा कि
कौन कैसा है तुम्हारा बाप नहीं'
नीचे किसी ने रामरस से लिखा–'मुझको तुलसी से अधिक
श्री अ...जी की कुंडलियाँ प्रिय हैं और यह आस्था का प्रश्न है
आलोचना का नहीं'
किसी ने दाईं तरफ कोयले से बेडौल हरूफ में लिखा–'तुम
भों...वाले कौन हो कहनेवाले कि जीवनीकार खराब और
ब्रा...वादी अच्छे होते हैं?'

पूरा पोस्टर किसी सार्वजनिक शौचालय की दीवार बन चुका था। इसलिए शेष टिप्पणियाँ यहाँ नहीं दी जा रहीं। पाठक क्षमा करें। पोस्टर के नीचे छापाखाने का काम नहीं है।

अमरता की खोज

अमरता की खोज में एक कवि अपनी गली से चला
और चलते-चलते आलोचक की चौखट पर पहुँचा।
आलोचक अंकुरित मूँग और मुनक्का खा रहा था
बोला, ठीक है, सो जाओ सोफे पर देखेंगे।
रात में जब कवि को अभ्यासवश खाँसी आई तो आलोचक हड़बड़ाकर उठा,
'चुप चुप कहीं अकादमी अध्यक्ष न सुन ले'
तब कवि ने सोचा लगता है आलोचक से बड़ा अकादमी अध्यक्ष है
उसी से मिलूँ।
अध्यक्ष एक फिल्मी गीतकार की ग़ज़ल गुनगुनाता गदगद था
उसने कवि को दुशाला उढ़ाया, यहीं जम जाओ।
रात में इस बार फिर कवि को खाँसी आ गई, सो अध्यक्ष दौड़ा दौड़ा आया,
'चुप चुप कहीं मन्तरी न सुन ले'।
तब कवि ने सोचा, लगता है मन्त्री अकादमी अध्यक्ष से ऊपर है, चलें वहीं।
मन्त्री शीर्षासन में व्यस्त था
उसने कवि को तत्काल वृत्ति और बंगला आवंटित किया और कपालभाति करने लगा।
किन्तु कालगति ने इस बार फिर कवि को खाँसी ला दी
और मन्त्री अंगरक्षकों के साथ भागा भागा आया
'चुप चुप कहीं प्रधान जी न सुन लें'।
और तब कवि ने सीधे प्रधान से मिलने की ठानी
प्रधान अभी अभी अमेरिका से लौट नीम का दतवन कर रहा था

उसने फौरन कवि को राजकवि घोषित किया
और अतिथि कक्ष में ठहराया।
कवि ने तै किया आज वह खाँसेगा नहीं, अब वह कभी नहीं खाँसेगा
उसने अपने को सात सात कम्बलों में लपेटा
पर रात हुई, चाँद उगा, पुरवा बही और दबाते दबाते भी कवि को
जोर की खाँसी उखड़ी जैसे कोई उसे भीतर से कोड़ रहा हो
और प्रधान मय लावलश्कर भागाभागाभागा आया
'हे कवि राज मेरा कुछ तो खयाल करो जनता सुन लेगी तो क्या होगा'।

तब कवि को व्यापा–
चलो फिर वहीं उसी गली के टूटे घर में
जीवन का जो नरक है वहीं अमरता है।

किसकी ओर से

मैं किसकी ओर से बोल रहा हूँ

उन असंख्य जीवों वनस्पतियों पर्वतों नदियों नक्षत्र तारे,
उन सबकी ओर से जो इस पृथ्वी पर नहीं हैं
पर जो कभी थे या होंगे?

नहीं, केवल मनुष्य योनि की ओर से, बस उन्हीं के लिए
जो अभी मृत्यु की प्रतीक्षा में जीवित हैं मर्त्यलोक में।

तो क्या मैं सभी महाद्वीपों द्वीपों समुद्रों की ओर से बोल सकता हूँ?
नहीं, केवल एशिया की ओर से।
तो मैं पाकिस्तान चीन म्यांमार नेपाल की ओर से बोल सकता हूँ?
नहीं, तुम केवल भारत के नागरिक हो।
अखंड भारत का नागरिक अखंड भारत की ओर से?
नहीं, तुम्हें केवल बिहार आवंटित है।
...जिसकी देह अभी अभी काटी गई दो हिस्सों में?
खैर, इतना भी कम नहीं कम से कम छह करोड़ लोगों की ओर...?
नहीं, छह करोड़ नहीं, केवल अपने धर्मवालों की बात करो।
तो क्या मैं अपने दोस्त इम्तू को छोड़कर बोलूँगा?
नहीं, केवल अपनी जाति, नहीं उपजाति, की ओर से और केवल पुरुषों
की ओर से जो धन में न तुमसे ऊपर हों न नीचे और

यह तो तुम जानते ही हो तुम सबसे दरिद्र हो सबसे कमजोर
महज एक कवि मनुष्यता का फटा हुआ दूध–
इसलिए तुम्हें चेतावनी दी जाती है कि तुम किसी की ओर से
नहीं बोलोगे, अपनी ओर से भी नहीं–
उसके लिए राष्ट्र की संसद काफी है।

एक बार

हमें अँधेरा होने से पहले पहुँचना है
रास्ता ठीक नहीं है साहेब।
ड्राइवर, तेज करो गाड़ी
नहीं, अब सीधे वहीं जो करना है।

सामने नदी थी।
लगा, रास्ता नदी में उतरेगा–
(नदी कभी नदी थी। पेड़ अब भी पेड़ थे।)

सर, इधर आज तक बिजली नहीं आई
इधर या तो धूप रहती है या अँधेरा
बाढ़ या सुखाड़
इधर एक रुपइया भी अच्छी कमाई है
मैडम को दाई नौकर चाहिए तो कहिएगा।

सामने चौकी बिछी थी, मारकीन का जाजिम।
बीच में पेट्रोमैक्स।
नीचे दरी पर बच्चे कूद रहे थे
माइक टेस्टिंग हलो हलो।

और चाँद। जेठ की पूर्णिमा का चाँद।

गड्ढों में पानी चमका। छायाएँ भारी मिट्टी में गुदी हुईं।
घोंसलों में हलचल।
(चाँद पैबन्द है। रात एक टाट।)

लोग बैठ रहे थे आकर गमछी लिये।
एक तरफ स्त्रियाँ थीं सिर ढँके।
चूड़ियाँ बजतीं कभी कभी। गोद में बच्चों को बरजतीं।
सर, पहले ये कबीर गाएँगे, फिर आपका काव्य पाठ।
और मुझे डर लगा
क्या मैं इनकी भाषा जानता हूँ?
मेरी दुनिया अलग इनकी अलग।
एक तरफ पुरवा एक तरफ पछया
क्या मैं इनकी बोली का कवि हूँ?

देखा, वे सैकड़ों लोग चुप बैठे थे
और मैं बोलना भूल रहा था।

निजी एलबम से

(कुछ तस्वीरें और एक समूह चित्र)

1.

लगा बीरत रात है जब नींद अचानक खुली
कहीं कोई आवाज थी कोई आवाजाही
कहीं से किधर
सब सो रहे थे मेरे कमरे में
दरवाजा खुला था
मैं बाहर आया तो हवा लगी रोंओं को उठाती
बगल के कमरे में आवाज थी हल्की रोशनी
दरवाजे पर ढेर सी चप्पलें एक उलटी गन्दा तल्ला ऊपर
भीतर झाँका
पालथी में बैठे थे त्रिलोचन
उन्हें घेरे नए कवि अनेक

घनी रात में कहीं एक प्रकाश का खम्भा था
कहीं एक लोचन
और त्रिलोचन जिनके कर पर रखा था अखिल भुवन बेर-सा

मैं वहीं चौखट पर बैठ गया।

2.

चैत्र का पिछला पक्ष रहा होगा
धूप बड़ी कड़ी थी वृक्षों तक को जड़ों से पेरती
'मैं चित्रकूट जाना चाहता हूँ बाबूजी'
मैंने केदारनाथ अग्रवाल से कहा
वह कुछ सोचते रहे फिर बोले बड़ी धूप है
उधर चट्टानें हैं और रास्ता भी ठीक नहीं

और मैं रुक गया उसी छप्पर के नीचे जिसके ऊपर
छाया थी
आँख लग गई और जब जागा तब
धूप की याद भर बाकी थी हवा थी रन्ध्रमय और कुर्सी पर
पाँव मोड़ बैठे केदार जैसे बादल।

3.

यह बात सन् उन्नीस सौ सत्तर की है

कोई आ रहा है
लोग रास्ता छोड़ रहे हैं
कोई चला आ रहा है
लोग किनारे हो गए हैं
सहसा खामोशी घन गगन में
मैं ठहर गया हूँ
ठहर गया है पटना मार्केट के द्वार पर
जन समुदाय
ठहर रही है चलती धरती

लोगों के हृदय के रास्ते कवि जा रहा है
सब रास्ते केशों-बरौनियों से बुहारे हुए
हृदय के रास्ते धोकर पसारे हुए
एक वृन्त सहस्र दलपत्र सँभारे हुए

यह बात सन् सत्तर की होगी।

4.

और विजेन्द्र जी ने
गंगा को दिखलाकर कहा
देखो ये सब तुम्हें देखना चाहिए
पानी रेत नाव नहान पाट कचरा सब
और मेरे कन्धे पर हाथ रख चलते रहे
किनारे किनारे
तभी वह रुके और कँटीले झाड़ में अटके
पीले फूल को दिखा, पूछा
अरे अरुण क्या नाम है इसका?

5.

वो घनी मूँछें हँसीं
एक बड़ा चश्मा कारुणिक आँखें
'कैसे हो अरुण कुछ दुबले लग रहे हो'
सुदीप बनर्जी ने कहा

एक गैर शहर एक बेगानी दुनिया में
वह घर था हमारा, मार्फत पता

बटमारों छुरेबाजों भरी भादों रात की
आश्वस्तक गश्त

'फरवरी में पटना आना है, रहोगे?'

6. समूह-चित्र

कुर्सी पर बैठे हुए (बाएँ से)
शमशेर, त्रिलोचन, भीष्म साहनी, नागार्जुन, केदारनाथ अग्रवाल
खड़े (बाएँ से, पीछे)...
बैठे (पैरों के पास)..................................और अरुण कमल
(स्थान : जबलपुर, 1980; प्रगतिशील लेखक संघ का सम्मेलन)

शायर की कब्र

(नज़ीर अकबराबादी के प्रति)

वहाँ न छतरी थी न घेरा
बस इक सिलवट थी मिट्टी से उठती
मानो किसी की आँख लग गई हो लेटे-लेटे–
वहाँ उतनी ही धूप गिरती जितनी बाकिया धरती पर
उतनी ही ओस और बारिश–
और दो पेड़ थे आसपास बेरी और नीम के।

दिन भर खेलते वहाँ बच्चे गौरैया और मेमने
और दिन ढलते जुट आता सारा मोहल्ला
तिल के लड्डू वाले गंडे ताबीज वाले
डुगडुगी बजाता जमूरा रीछ का बच्चा लिये
और रात कोई थका हारा मँगता सो रहता सटकर।

वो सब कुछ सुनता
एक एक तलवे की धड़कन एक एक पतंगे की हरकत
हर रेशे का खाक में सरकना अन्दर
हर ज़र्रे का एक रंग में खुलना और ऊपर परिन्दे
हवा धुनते

वो महज एक कब्र थी जिन्दगी की गोद
जहाँ हर वसन्त में लगते मेले
जहाँ दो पेड़ फूलते पास पास बेरी के नीम के।

आलोचना पर निबन्ध

भटकना पसन्द करूँगा
बनारस की गलियों में दीवारों और साँढ़ों से कन्धे रगड़ता–
खोखली गलियाँ वंशी सी बजतीं
गलियाँ दुरूह तर्क प्रणाली सी चक्करदार
भटकना पसन्द करूँगा
रास्ता भूलता बार-बार,
जब भी लगा कहीं पहुँच रहा हूँ
कि आ गया वहाँ जहाँ के लिए चला था सोचकर
किसने कहा, नहीं, चलो फिर से चलते हैं दूसरे रास्ते
देखें वो रास्ता किधर जाता है
दशाश्वमेध मणिकर्णिका अस्सी
नहीं वहाँ उस घाट जिसका कोई नाम नहीं
फिर से

भादों की काली रात में एक अकेली चिता
मणि की कनी सी : यह कौन सा अलंकार है गुरु जी

मैं थक रहा हूँ तात
मेरा माथा मेरे पाँव
मैं तो वज्रासन भी नहीं कर सकता
दूर्वासन शायद–इससे तो सुगम था कसौटी खरीद लेता

मंडी से

नहीं, हर धातु कंचन नहीं होता
और कविता तो अधातु है वत्स,
कोई लिहाज मत करना न बड़े का, न नाम, न कुल गोत्र
लिहाज बस सत्य का–जरा सा हाथ कँपा कि तस्वीर
डिग जाएगी–
सबसे कठिन है कविता से प्यार
उससे भी कठिन
        उस कविता में पक्ष में संग्राम
और देह पर अस्सी घाव–
क्या गरज है किसी को कि वह लाल तालु वाले
कवियों की खातिर दौड़ पड़े दहकते अंगारों पर
खौलते तेल के कड़ाह में डाल दे हाथ और कहे
आज मेरे सत् की परीक्षा है साधो?

मैं उन्हें खोजता हूँ जो रात रहते आए
और बुहार गए मेरी गली
मैं उन्हें खोजता हूँ जो रात के दो बजे मेरा ललाट छू
हाथ में नब्ज ले एक खुराक दवा दे चले गए
मैं उन्हें खोजता हूँ जो अचानक आ गए थे चौराहे पर दौड़ते
जब मैं अकेला घिरा था ठगों से–
जिसने एक भी जान बचाई
उसका अभिनन्दन करो
अभिनन्दन करो उन गोताखोरों का
जो बहती जान को खींच लाए भँवर से
अभिनन्दन करो उस राहगीर का जो खोया हुआ बच्चा
घर पहुँचा गया बिना बख्शीश के
अभिनन्दन करो उस माली का जिसने तुम्हें
एक फूल दिखलाया और कहा यही है केवड़ा

अभिनन्दन करो उसका जो इस हवा को लगातार
छान रहा है तुम्हारे फेफड़ों के वास्ते

दो शब्दों के बीच जब कोई शब्द छूट जाता है
और उसे ऊपर लिखते हैं एक चिन्ह बनाकर
तो उस चिन्ह को क्या कहते हैं मास्साब?
कागपद!
सरहपा गुणाढ्य और भरत से भर्तृहरि तक
अरस्तू से लुकाच लीविस तक
मार्क्स से गाँधी तक (यह बहुअर्थी पद है वैसे)
सबसे मनोरम है ज्ञान का मैदान काँटों भरा
और सबसे सुन्दर अर्द्धाली कविता की
शहद की बूँद
यह मत पूछो किस फूल का है यह शहद
यह बस है
जीवन-छत्ते से स्रवित शहद-बूँद डंक भरी
(कितनी कम है कला कलावादियों में अलि)

अरे तुम्हारा माथा तो भरा है ओस से
कहाँ रहे रात भर?

(डॉ. नामवर सिंह के प्रति)

अभागा

वे सब हारकर लौट गए होंगे
वे युवक युवतियाँ जो भीड़ भरी बसों में
दूर से आए इस उमस इस गरमी में
और वे भद्र जन जिनके तट पर अनेक
महाकवियों के शंख हैं

किसी ने कुछ कहा नहीं होगा
उठे होंगे रुक-रुककर कुरसी के हत्थे पर बल देते
अपने ही प्रेम से पराजित
अपने ही विश्वास से वधित

तू इस योग्य नहीं था
तू उनके प्रसाद के योग्य न था
तू पात्र न था तू भोग्य भी न था

वे वहाँ इन्तजार कर रहे थे तेरा और तू
हवाई टिकट के लिए दौड़ रहा था
क्या करता वहाँ जाकर उन आचार्यों सभासदों के बीच
जिनके लिए काव्य बस डकार है अफारे की

जा, तुझे सब कुछ मिलेगा फिर भी खाली रहेगा तू

पदकों अलंकारों से लदे वक्ष के नीचे घुटेगी साँस
इतना आसान नहीं है कवि होना
कवि जो विकास है मनुष्य का

मणिवंचित सर्प की तरह
पटकता रह कँटीले कड़ाह पर माथा
तूने जीवन खोया है अवसर के लिए

अभागा है वह जिसका कहीं कोई इन्तजार नहीं करता
उससे भी अभागा है वह जो इन्तजार करते दोस्तों को छोड़
आगे बढ़ जाता है।

निगेटिव फोटो

खूब साफ चमकती रोशनी से गूँजती तस्वीरों से ज्यादा अच्छी लगती हैं पुरानी कौड़ियों के रंग की तस्वीरें जहाँ रोशनी बस इतनी कि अन्धकार में आकार उठ सकें। लेकिन उनसे भी ज्यादा गर्भवती हैं वे निगेटिव तस्वीरें जहाँ सब कुछ रहस्य है। जहाँ सब कुछ हो चुका है। फिर भी जहाँ सब कुछ नहीं हुआ। जो अभी भी आरम्भ है। जहाँ हर चेहरा किसी और का चेहरा हो सकता है। जो भ्रूण है जीवन का गिट्ठा और जो वयस्क है प्रस्फुटित। जो रंग भी है और स्याह भी। जो दोनों तरफ है पार पार। जहाँ अन्धकार और प्रकाश अपनी लड़ाई अभी भी लड़ रहे हैं। जो है। जो नहीं है। मेरी स्मृति खुद एक निगेटिव फोटो में बदलती जा रही है। मुझे यह संसार एक निगेटिव फोटो सा क्यों दिख रहा है।